句集

白光土

佐藤麻績

角川書店

目次

装丁・ベター・デイズ
装画・大久保裕文

句集
白光土

平成二十五年〜二十六年

平成二十五年

春の虹背凭れのなき丸き椅子

のつけから昔語りの涅槃雪

伎芸天ひとり春意の指反らす

地震しきりこの春何を尋めゆくか
春雪を蔭に残して立像は
古木なる白梅ことにどつと咲く

フリージアを持ち行くと決めその日待つ

春泥を踏み昔日にもどりたし

落椿必読の書のありたるよ

チューリップ終焉どれもひとひらづつ

接岸を欲して春の漣は

弘川寺

文覚の彫りし西行花の日日

花の闇一処あかるき山家集

花林檎家居の夫を思ひつつ

有磯海と声にしてみむ蝶の春

かへで若葉まだ現世の色なさず

藺の花は刈る人のなく亀百態

ありありと海中鳥居西日中

金印や蟻の道とて途絶えをり

博多湾つひに見せたり夏怒濤

戒壇院土塀めぐれば青嵐

青鷺の己を水に見る城址

麦の秋三連水車は二連づれ

柳田の地縁なるかな藤垂るる

チューリップ顔をなくしてより長き

列島の片方に散りぬ桃の花

桐の花奥に水場のあるらしき

牡丹咲く頃合をみて壺洗ふ

籐椅子のそのまま古りて長廊下

朴の花見上げつつ北竜湖へ至る

山法師遠くになほも奥信濃

でで虫の歩みあることと飽くなきこと

蝦夷駒美し揚羽はひたと追ひ来る

大沼の鳶一転す浅き夏

空梅雨といふも口惜し桜桃忌

合歓の花藝大生に揺れやまず

断崖の土あらはなり時鳥

白き花ばかり見て来て噴井なり

詩経てふ七月こそは野に在れと

さうであらうと呟きつつ黴拭ふ

昨夜のこと冷酒坦庵よかりけり

坦庵＝江川太郎左衛門

反射炉やソフトクリーム溶けやすき

制多迦童子真赤な蜊蛄勢ひたり

大暑来るふいに怖るる飯食めば

どぢやう鍋箸美しくつかふ夫

雨なれば白をよくする蓮の花

をとこぎのありて昼顔咲きゐたり

薬医門くぐれば風蘭ゆれゐたり

芒みな前にのめりて宿世かな

松に会ひ虫のすだくを帰路とせり

水澄みて解体船の四十日

ためらはずゆく北上川の爽気かな

横がほを見せて金魚は秋に入る

鬼灯や誰かが立ちて空席に

わが住むは峠といへり月光裡

誰が意志を継ぐかと問はば榠樝の実

冬瓜の中の真白を見ておかむ

ペン立てに月光の入る余地ありぬ

露けしや一文字入れて脱稿す

誰かゐて掃きし音あり露無辺

寂聴の新酒白道供さるる

くつろげる仏のさまに稲ぼつち

右前や左前とも菊人形

白秋忌古き詩集とチョコレート

芒ゆれ金とも銀ともつひに白

黄落やつまづきて知る石の濡れ

流刑小屋寄らねばならぬ一と時雨

花八手迷ふことなく玉となる

虎落笛突如小躍りしてゐたり

鳥海山冬晴れひびく安部次郎

梟の瞼とぢたること不安

墓近し海なほ近き冬の旅

銀座また聖樹灯して多生の縁

与謝蕪村の寒鴉とみれば啼かぬなり

冬青空竹林の果てそのままに

夜の雲裸木あればことたれり

平成二十六年

初夢はさだかならずが酒は燗

鳰の今年の貌を見にゆかん

水仙の朝の静穏目に匂ふ

浮世絵展　三句

大首絵写楽に尽きる女正月

北斎の娘子ありて薺粥

寒がりて女三の宮猫蹴るか

寒中の谷中に最中ありにけり

千枚漬溺愛すればままならず

残雪の芯は汚さず雷門

紅梅に目馴れてよりの白梅は

春の柚子三つほどの木や一考忌

うららけしグラタンの糸ひくままに

公魚を揚げて促促指で食ぶ

涅槃会の太鼓に出でし音の階

大根の花が気になり経回れり

はけの道直哉が見つけたる椿

三月のワインのコルク音で抜く

駅なかといふ街騒を春意とす
帰宅とは白木蓮の咲きしこと
括らるる巣箱の闇を少年知る

乳母車あつけらかんと花の下

一たびの確かな出会ひ蝌蚪の紐

柑橘のどれもごろごろ灌仏会

不首尾ともわが足許に落椿

これ以上流れられずと花筏

隠れても貝母の花の二つかな

刃物研ぐ何はともあれ春きやべつ

夏来たる水平線は放物線

後もどりして芍薬を数へたり

言ひかふるたびどくだみを思ひたり
波郷の碑見あたらなくて滴れり
苦瓜のわたを掻き出す信長忌

薔薇を剪りためらひなんぞ断ちにけり

粛粛と夜の万緑に人の列

宿坊の梅ゼリーまだ揺れてをり

溜、滲、料紙こらして水無月尽
黒揚羽話の終る頃来たり
かたつむり何を背負ふかふりむかず

浅草や降りみ降らずみ吊忍

泰山木咲くを遠目に鷗外忌

墨を磨る梅雨の水もて惻惻とは

芍薬の庭より男出勤す

空蝉の中まで夜気のありにけり

夏足袋を履かせてやりぬ風ありぬ

夾竹桃今宵は白のぬきんでて

水菓子を買うて帰らむ蟬時雨

昼顔のぼつと咲くまま夕ぐれぬ

真葛原そは川風を好みしか
黒といふ寂しきいろを向日葵に
たしかにと言ひ涼風のベンチかな

ゐのこ草揺るる力をもて止みぬ

自画像の対に自画像鳩吹くか

トルソーの影を汚れと秋暑かな

鶺鴒の松の下蔭こそ馴染む

ゼムクリップあればあるほど晩夏かな

爽涼や一駅もどり筆買はな

露草や犬の鎖をゆるやかに

隔たりの歩をたのしめば水引草

男ほど秋の金魚を哀しまず

秋の田のまことの黄金のひとところ

飛蝗とぶ女人の足形残さるる

秋水に添ひし歩幅の当麻みち

二上山ふりむきてみむ酔芙蓉

案の定猫ゐて白き曼珠沙華

人体の骨格たしか秋風裡

コスモスの丈云云す一本道

鶏頭の一本なれば挿してよし

菊挿せば香を呼びゐたりそれはそれ

手荒れする頃となりたる空也の忌

晩秋の水底覗く漢の背

桜井の初瀬あたりの冬の稲架

山村は漁村でありぬ大根干す

梟のだんまりにこそあこがるる

山眠る湖の綺羅には関はらず

平成二十七年〜二十八年

平成二十七年

水百態見せて止まるは春意とも

雨なれば雉子二たび鳴きしてしまふ

蕗味噌を献立とせり雨の庭

八重桜風来坊のごと戻る
春落葉真鶴石のよき一対
桃咲きて篠ノ井線を近うする

雪形の見ゆる旅なり法然忌

降つてまた間遠に雨の春雪嶺

蔵書印見つけ菫を挿みけり

春鹿よ横顔見せてくれたまへ

山門の寂にかなひし花の途

花踏みて足裏のうづく夜は鹿島

寝ねかねて花の雨なる虚子忌かな

一鳥も見ぬ泥濘の花祭

荷風忌の厚焼卵に失笑す

ノート美し文字が汚してゆく立夏

黒揚羽来て存問とも思ひぬ

蜥蜴出て風を引き込むごと淵へ

花大根朝の夢とは克明に

清明や流鏑馬みちの潦

家苞のぶら下げるなら穴子鮨

ある日ふとバンドネオンと炭酸水

紫陽花は色を尽して路地の猫

毘沙門立ちてふ六月の藤の下

三方を明け放ちたる青葉騒

六月や回転木馬戯れに

泰山木咲き簡潔に話されよ

グラジオラスしかと一本倒るる朝
青田はや水を隠してしまひけり
跣足ならきつとあの木に登れさう

遠雷やクロワッサンは焼き立てを

夏痩はムンクの叫びでありたると

靴先を揃へてみたり時鳥

未央柳をとこ三人道塞ぐ
青時雨入谷にワイン酒場かな
みちをしへ吉野山中思ふまま

風すぎて塗蓋とればすもじかな

夏帽子ベッドに置きぬ休診日

裏返る空蟬の脚ややこしき

街歩きなど本屋の涼に入る

冷麦の紅の二本は流れたり

八月や一本の道見てをれば

喪服着て木槿の道を通りけり

黄カンナの傾くままに夕帰宅

誰もをらぬ処に吹きて秋立つ風

秋草に落としてしまふ夫のペン

鬼灯の土につきたるしづけさよ

実石榴を離れて嗤ふ沼空忌

秋霖の水分石のわかれかな

曼珠沙華たとへば雨の車輪かな

水張りて筆洗ひをる十六夜

後の月表裏一体なんぞと病む

水隔て人佇ちてをり九月尽

秋燕忌に間のある夕べ栗を剝く

檸檬まだ青かり空席をさがす

旧道の揺るるコスモス赤茶ける

雁渡しされど川原の水びたし

秋思とは庭石となる山の石

こゑに出て秋明菊を遣り過ごす

東大寺やや離れても柿紅葉

零余子飯笑ってくれる人の留守

鶏頭やすこし稚気ある師ではある

身と口とこころと言へど秋深し

ドアノブにひそと置かるるうすら寒

快《け》楽《らく》とは柞紅葉の一日かな

初時雨女ひとりの喫煙室

擦り傷の数多を隠し銀杏散る

渓谷のまつ当な白花八手

朴落葉風の一歩といふべきや

夫病むは切岸に見る冬銀河

酒蔵は樽蔵なるぞ冬ともし

本来の無一物とや蟷螂枯る

杜氏来る六甲颪に呼ばれたる

赤とんぼ歌ふは白息のままに

凩や冬木のやうな馬通る

いささかの家出心地に時雨くる
落葉掻く地中に何か目覚めさす
石伝てに水をたづねて冬椿

大都会真夜の聖樹のひつそりと
すこしづつ身を引くやうに青木の実
よちよちの嬰にもありぬ冬日影

聴きたきはフィンランディアよ冬の星

セロリ食ぶ沈潜の文書かんとす

冬の駅久しぶりなるボブ・ディラン

わが修羅の机上にありぬ雪中花

人日の薔薇がひた待つ雪よ降れ

平成二十八年

梟に借りぬ三百六十度の思考

寒夕焼振り向けばただ四面楚歌

聖母子は貝を負ひて寒に入る

寒晴れや人の二階を見てゐたり

寒卵予期せぬものに戦くは

雪催うすうすと絹首に巻く

水仙を束ねてみてもその一本

白梅や和魂漢才問うたれど

梅を見に一途となりて神田川

谷底に日ざしの届く芽立かな

反橋は降りるに怖し涅槃西風

住吉の裸雛に名の欲しき

辛夷の芽ポケットなどに手を入れず

鞦韆は漕がねど鳶に鳴かれたり

桜蕊降る縄文人の丸木舟

行き暮るる危ふさなれど春の土手

この雨を光とするは花辛夷

チューリップ白の一本赤誘ふ

わが屋根へ落花いつしか闇のいろ

牧水の酒を貫く浦島草

筍と竹との間合碧巌録

短夜の海へ向く椅子それはそれ

魚籠を持つ男に会ひぬ桐の花

夏落葉踏みしだきつつ一茶墓所

鉄線の咲く垣あれは父好み

時鳥寝つくばかりのいまなれど

青き六月源義邸の椅子が鳴る

麗しや沈思黙考花石榴

なつかしむ花なり遠き泰山木

田を植ゑて伊豆の面ざしなる媼

すべりつつ御神湯ゆくを夏行とす

語れぬを語りつつ氷菓噛みにけり

郭公の遠きこだまか森敦

射干の赤きが咲けば葉騒かな

小田原城・大雄山　七句

一振の刀剣を置く絹涼し

巨木みな名木なりし日の盛り

滴りをただにたのみて最乗寺

叩かれて叩かれ魚板夏に入る

石斛の花は離さず寺の闇

奥の院まではゆかずが滝冴

あれこれの是が肝心蟻一匹

本棚の一書空きたる鷗外忌

夏の月なればいささか人臭し

梅雨最中芭蕉十哲一人欠く

降りてまた降りる地下街汗冷ゆる

曝書して母の栞を落しけり

遠雷や語りて語り切れぬ日よ

木の実踏む音はなけれど平家の裔

怖づ怖づと紅葉待つかに鹿のをり

秋風裡抜きて納めて晴子の書

草の花僧がうなじを剃りたるに

小鳥来ていかにも少女らしく言ふ

月明の廊下であれば拭き込みて

石榴裂け嘴あるものはみな来よ

秋ばらの赤に戸惑ふ風の筋

群れたればコスモスさらに風を待つ

周平のペンの幽し冷え渡る

色なき風水に触れたるときさへも

ゐねむりのをかしさ野山色づきて

柚子堅し女いつしか多弁なり

鳥の名を言ひつつ鶲を見てゐたり

風に香のあれば黄落尽さるる
十一月立山見たる心ばへ
鳰や誰に私淑をするかとも

冬蕨そつと教へてくれる指

宗悦の雑器と定め冬紅葉

藤娘大津絵となる神無月

加賀なるは時雨あかりに傘をもつ

おでん大根白くありたしと思ふや

人去りて山河残るや風花す

訥訥と物言ふはよし蕪汁

船頭の向かう岸見て来ては咳

紀ノ川の暴れの跡か八手咲く

エレベーター出口背後に高家の忌

ぼろ市に買はざる与謝蕪村の書

平成二十九年〜三十年

平成二十九年

杖のごと揮毫のありて年明くる

初湯とて身辺さざなみあるごとし

寒鴉ぴたりと着き来大鳥居

満を持し一月の井に指を挿す

追ひ越せる歩幅の美しく寒の晴

冬木の芽己がおのれ眩しめり

ねむく眠しわれ梟に会ひしゆゑ

翳りより日向へ春の漣は

野を焼きて何の昂り否怒り

禁欲といへば二月の牡丹園

立雛ことさら肩をいからせて

鳴雪は麻布で死せり野梅恋ふ

沈丁花決するごとく蕾なる

出会ひなどとうに忘れて翁草

強風の穴場のやうに蓬生ふ

水草生ふ雨きたるなり癒しなり
一木に一輪ひらく桃であれ
夕遍路いづくへ帰る男とも

清明や遊び相手の犬がゐて

君子蘭父の好みはどのあたり

ときどきの夏鶯の間をゆるす

咲くものに朽ちゆくものに初夏の雨

遠きこと近しくしたる桐の花

小満や志功の天女厠に居

船頭が通りて大山蓮華かな

蛸買うて急ぎ足なる銀座かな

朝な朝な老鶯たらんと竹林へ

東吉野吟行　五句

どの椅子も坐るを拒み滴れり

六月やみよしのとして高見山

ゆくりなく稜線を見つ鮎の皿

今のいま蛍に会ふは恋慕とも

夏暁の山を呑みたる流れかな

黒揚羽なにを捨てしか眩しくて

ゆきずりの紫陽花褒める坂がかり

老鶯や夕刻すこし発熱す

泰山木花に触るるを惑ひたる

思ひ出すこと夏旅の河口かな

空に水脈あるゆゑあめんぼ泳ぐ

菖蒲田や人の背中を見尽して

夫の箸一束に置く小暑かな

あるほどの石の歳月夜の蟇

白南風やたはやすく来てパイプ椅子

焼茄子や魯山人好みとはまさに
羅のさばき上手な僧であり
すべり台の横を通りぬ白露なり

草紅葉付箋にはなき色とりどり

目の端で見るだけにして秋の蛇

旋律はくりかへさるる秋の川

涙など出るはずもなし梨を剝く

秀野の忌鶏頭の丈低くして

誰彼となく向き合うて新走り

新豆腐刃物つかふをためらひぬ

鷹の乗る上昇気流欲したり

コスモスの荒れ放題の好ましき

秋霖の中なる小学生の傘

谷中吟行　六句

弾痕は穴のままなり冬日燦

谷中ぎんざ冬夕焼に間のあれば

冬麗や猫百態の生き生きと

小春日のかのオリーブは屋上に

五重塔跡を残して霜降月

誰か来てマスク落せり慶喜墓所

目印にされてゐるらし木守柿

枯菊となるまで耐へる地蔵の前

鶴に会ふ上野はいつも平らかに

咳のままただ群衆の後につく

平成三十年

春立つやリーチの椅子は壁に寄る

薄氷を跳んでもみたり誕生日

蕗の薹つま先立ちの夕べかな

桃咲きて取り囲まれてゐるごとし

大方は向かうに逝きて桜かな

鉛筆の自画像であり蝶過る

落椿爪先立ちをする男

カード抜き施錠解きたり桜の夜

走り去る男に気づく春の暮

馬鹿貝と呼ばれ青柳口あける

厚切りはトーストにせん万太郎忌

卯月野のトンネル徒歩がよかりけり

桑の実に口を染むるも天城かな

誰がこゑを洩らすや今宵蛍狩

差しのべる指には触れぬ真夜蛍

解禁の香魚といへど串に刺す

帰路はまた梅花藻思ひつつ三島
徐徐にくるさびしさ紫薇の咲きはじむ
時鳥かの日のこころざしあるか

もう一つ名をもつ俵麦に微風

そこにある棒で指したる竹煮草

メロン切るこのしたたりを零さずに

伎芸天解脱の指を梅雨に置く

先生に別れし後の道をしへ

炎昼や腕をだらりと陋巷は

滂滂と街川のあり不死男の忌

船頭の娘と遊びたる晩夏かな

玲瓏と一途や滝の名は浄蓮

またしても長き午睡の旅愁めく

葛の花からみつきたる後の色

猫じやらし誰か夢殿思ひしや

七夕竹園児に剪ってやりし僧

秋風のさきがけとして巫女袴

銀木犀微香こそ人を惑はする

師の夢のその中の夢穴まどひ
おしいつく死とは別れの最上級
嵐去る直会にして新走り

星の名はいくつも知らず耕畝の忌

八千草の中なる知らぬ名はいくつ

山紅葉つづらをりとも悲恋とも

揺るるとは乱れなりしかむら薄

贈りもの小さく包まん秋燕忌

湯の宿の迷ひがちなる鉦叩

冬紅葉普賢菩薩の眉根かな

唐津焼ことに肌への冷まじき

石蕗挿していま陶心は動かざり

人は山尊ぶことよ名の草枯る

木の葉かつ散る裏表紙まつ白

冬立つやロダンは筋肉もて考ふ

高床に凭れ冬蟷螂不動

わが影は己に踏めず冬時間

冬霧に最も遠き円空仏

剪られたる古木の匂ひやかに冬

明けやらぬ海際やかに冬帽子

ささくれの指先痛し漱石忌

桟橋のいづこに佇たん凍霞

気配かなクリスマスツリーの星は

枯野道追ひつくものを待ちゐたり

蕪鮓忘れかけては思ひ出す

寒椿遠ければ見ゆ歩むとせん

水仙や風のゆくへの道なれば

平成三十一年・令和元年

平成三十一年・令和元年

そのことに窮して見やる野梅かな

慟哭は涅槃図にあり振り向かば

蕗の薹さがす目力弾みとす

油絵の盛り上りたる涅槃西風

雛飾るまでの愁ひを銀座かな

長編を読まんと春の草を抜く

春の寺鐘ひややかにして切に
がうがうと鳴る川縁の土佐水木
源義邸の桜いつ咲く出会ひたし

囀りのいきなりなれば一人聞く
解けてゆく春の雪見て平常心
アールグレー三月三週目の麗日

胡弓小さし春の行灯隅にあり

哀調は短調なりし雪解中

いつかまた見むと思へり雪朧

留椀の蛤旨き夜なりけり

連翹忌チェックアウトの鍵を置く

辛夷散りかはたれどきの白光土

山吹の一枝といへど十花なり

雀隠れ流れに影するものあらば

ひとつばたごわが一枚の皮膚ひかる

鉄線はからみ合ふ花昼の闇

葛切を食み出立の時などに

師の声の太く通れば踊子草

鉄線を蔓ものと呼び愛づるとぞ

刃物研ぐ晩夏の水を弾きたり

滴りを指先に受く長崎忌

蛍の身中に持つ真の闇
ぞうぞうと夏の落葉を掃きてをり
名曲は寝転んで聴け暑き夜

洗ひ髪乾かぬ間合ひ文を読む

土偶には括れのありて水の秋

数珠玉や人過ぎるまで風を待つ

朝顔のみな枯れてをる真昼かな

実ざくろの透き通るとも落ちにけり

浜の名は知らぬが秋の波寄する

どちらかと言へば縄文土器夜長

まだ書かぬ紙の置かれてちちろ虫

暮れ方の土に落ちたり秋の蟬

熟田津に舟出したきと鳩を吹く

佐渡に死す伯母のありたり萩の声

露草や流れ灌頂などといふ

分けあふは心もとなき貝割菜

枸杞の実のさびしき杏仁豆腐かな

裏庭にくつろぎありぬ秋茜

鬼の子はいつもあの位置いとあはれ

子が一人見送つてゐる秋遍路

古書房に何を捜すや獺祭忌

切ればその名残りのいろぞ冬瓜は

只只に一緒にあゆむ月今宵

どうしても夕日に見ゆる金木犀

雁の列書かねばならぬことあれど

「東京百句」より

平成二十四年十二月中旬～二十五年一月中旬

東京に江戸がまた来て十二月

極月の階を下りて水琴窟

万太郎掬ひし井なり手套ぬぐ

竜の玉見つけただけで引き返す

本郷のかねやすに入る大マスク

すれ違ふコートの黒を振りむかず

煤払ひ払ひ落せし耳搔き棒

暇なしの手間暇かける冬至粥

救急車いづこで止まる高家の忌

立つ少女髪を払ひぬクリスマス

蕪村忌を聖樹の星に止めんか

枇杷の花屋根越しに見て献灯す

長歩きして日記買ふ駿河台

神田明神冬たけなはの平次の碑

甘酒は夏のものぞと着ぶくれて

太田姫社殿小振りに年用意

山茶花の下を黒猫逃亡す

いみじくもそばやを出でて社会鍋

今宵の灯消していよいよ冬銀河

いつになく机上を広く賀状書く

眼鏡替へよろしき顔の去年今年

鶏旦や机上のめざめあるならむ

あらたまや出会ひたきなり嫁が君

繭玉のしだるる下の眠さかな

凩や老いの気骨の珈琲店

冬ざるる高架下なる木場であり

川の名を知るまでゆけり松の内

皿洗ひ初洗ひとす身軽さよ

手焙りが置かれ馴染みの手の触るる

地下鉄の路線図にぎにぎしく四日

小寒や医学書店は昼灯す

ゆかりとて桜冬芽の肩に触る

人日の花びら餅の残る数

喰積の残りほどよき二人かな

人日を二日過ぎたり花に水

上野山鷹にみられて鷹を見る

冬牡丹低く低くと囁きぬ

梟の首一転す好奇心

一月の新宿にゐて夜となる

蛇百態賀状となれりおもしろき

大雪の銀座は観世宗家展

水仙を嗅ぎたる面翳るなり

唐織の火焔太鼓に雪明り

楪や焼損あらはなる花伝書

泥眼の菩薩となればただ寒き

閉ざしたる百人番所雪しづる

残雪に風ある松の廊下跡

消防車来てゐる東御苑かな

襟立てて出る北口の赤レンガ
仲見世を締めに睦月の一万歩

句集　白光土　畢

あとがき

令和二年八月には、結社誌「人」が五百号となる。師・進藤一考により創刊されて以来の歳月の一端に関わり、多くの支えの中での十五年を経たことには感謝するばかりである。

この第六句集『白光土』は、平成二十五年刊行の『つばらつばら』以降の作品から四百八十九句を編年順に収めた。巻末には、平成二十四年十二月から二十五年一月まで集中的に作った「東京百句」から、五十句を選んで収めた。

句集名『白光土』は、庭の七、八メートルを越える辛夷が毎年咲き、数日を経て散る。そして日暮れの庭を覆い尽くす。その眼前の景である。

辛夷散りかはたれどきの白光土

以前から、〈角川俳句叢書日本の俳人100〉に加えていただいていたが、このたび刊行することにしたのは、十五年も前に一度お会いしたKADOKAWAの石井隆司様を思い出したからである。今回も大変お世話になった。また『俳句』編集部の方々には、さまざまなお手を煩わせることになった。皆様には心からお礼を申し上げます。

令和二年五月

佐藤麻績

著者略歴

佐藤麻績

さとう●おみ　　本名　佐藤なほみ
昭和13年２月２日　東京生まれ
昭和58年　進藤一考に師事「人」入会
昭和60年「人」新人賞受賞　同人
昭和63年「人」結社賞受賞
平成５・８・12・13年「人」春秋賞受賞
平成16年「人」主宰
俳人協会評議員・俳人協会千葉支部幹事
日本文藝家協会会員

句集『揺曳』『寒干し』『はじめの石』『冬林檎』
　　『つばらつばら』

句集　白光土　びゃっこうど

初版発行　2020年6月13日

著　者　佐藤麻績
発行者　宍戸健司
発　行　公益財団法人　角川文化振興財団
〒102-0071　東京都千代田区富士見1-12-15
電話 03-5215-7819
http://www.kadokawa-zaidan.or.jp/
発　売　株式会社　KADOKAWA
〒102-8177　東京都千代田区富士見2-13-3
電話 0570-002-301（カスタマーサポート・ナビダイヤル）
受付時間　11時〜13時 / 14時〜17時（土日祝日を除く）
https://www.kadokawa.co.jp/
印刷製本　中央精版印刷株式会社
 ISBN978-4-04-884353-9 C0092

角川俳句叢書　日本の俳人100

青柳志解樹
朝妻　力
有馬朗人
安西　篤
伊丹三樹彦
伊藤敬子
伊東　肇
井上弘美
猪俣千代子
茨木和生
今井千鶴子
今瀬剛一
岩岡中正
尾池和夫
大石悦子
大牧　広
大峯あきら
大山雅由

小笠原和男
小川晴子
奥名春江
落合水尾
小原啄葉
恩田侑布子
甲斐遊糸
加古宗也
柏原眠雨
加藤憲曠
加藤耕子
加藤瑠璃子
金箱戈止夫
神尾久美子
九鬼あきゑ
黒田杏子
小島　健
阪本謙二

佐藤麻績
塩野谷仁
柴田佐知子
柴田多鶴子
小路紫峡
鈴木貞雄
鈴木しげを
千田一路
高橋将夫
田島和生
棚山波朗
辻　恵美子
坪内稔典
出口善子
手塚美佐
寺井谷子
名村早智子
鳴戸奈菜

名和未知男
西村和子
能村研三
橋本榮治
橋本美代子
藤木俱子
藤本安騎生
藤本美和子
文挾夫佐恵
古田紀一
星野恒彦
星野麥丘人
松尾隆信
松村昌弘
黛　執
岬　雪夫
三村純也
宮田正和

武藤紀子
村上喜代子
本宮哲郎
森田　峠
山尾玉藻
山崎　聰
山崎ひさを
山本洋子
柚木紀子
依田明倫
若井新一
渡辺純枝

ほか

（五十音順・太字は既刊）